JN085670

砂文字

Sunamoji

木村清子句集

ふらんす堂

序

清子さんと私の住居は、小金井市の連雀通りを歩いて十分位のところにある。句会への往き帰りなど眼の悪い私の手を取って送り迎えをきちんとして下さる。実に有難い存在である。その間の会話はよくお母様の話に及ぶ。今、おからだのお加減が悪く、病床にある母上を、清子さんはお見舞に行っておられる。

私の世代の母親像といえば、どちらかというと、戦前戦後を懸命に子育てをしてきた年代にあり、やや永年の疲れが見えてくるものである。しかし清子さんの母上の精神は若々しいようだ。

秋高し詩集買ふ母少女めく

詩集を選ぶ母のうきうきと嬉しそうな姿が好もしい。

夏負けの猫にやさしき息子かな

猫も夏負けをするのだろう。そんな愛猫にやさしくしてくれる息子を愛しく思う。清子さんの優しさが伝わってくる。

羅に鮎泳がせてひと来たる

涼しげな夏の単衣を着ている女性。着物の模様として鮎が泳いでいる。女性が動くたび模様の鮎がゆらゆらと泳ぐかに見える。和服の柄をこれほど美しく表現し得た作品がかつてあっただろうか。

吸うて吐く鯉の口より冬紅葉

池に泳ぐ鯉を見ていると、時の経つのも忘れるほど楽しい。ときとして鯉が口から紅葉を吐くことがある。そんな様子を見つめている数分の時間が美しい。

年の夜の厨に充つる醬油の香

清子さんも、家庭の年中行事に忠実な方であるらしい。年末は殊に多忙である。正月料理をさまざまに作り置くのが、主婦の仕事である。主婦の多忙さを醬油の香で捉えたところが際立っている。

手袋をとりて「三つ」と答ふる子

「いくつ」ときくと、幼い子は手袋を外して指で「三つ」と答えた。愛らしい幼児とのやりとりが、しみじみと伝わってくる。

律儀なる猫の出迎へ夜半の秋

老猫のをさながほして日向ぼこ

清子さんが飼猫をこよなく愛しておられることは知っている。しかし、この様な句に出合うと、その愛の深さがはかり知れないことを思う。飼っている猫への愛が一層深まるような場面である。

雪の夜の甘きココアとアンデルセン

しんしんと雪の降る夜、家の中は明るく暖かい。幸せな心にアンデルセンの童話は最高に楽しい。北欧の作家の詩情は温かい。

ふるさとは母居るところ石蕗の花

「ふるさと」とは生まれたところ、或いは育ったところであるが、いずれにも当たらない土地であることもあろう。この句に言われるように、「母居るところ」であると断言しても正しいかも知れない。

父恋へばたよりのごとく春の雪

私自身も、「お父さん大好き」な娘だった。父を想うとき、空から応えるかのように、春の雪が舞った。

月光をまとふ少女の赤き靴

平成二十八年、五浦での同人総会の折の作品である。清子さんとは別行動であったが、句会では第一にこの句を天賞に頂いた。野口雨情の情感をしみじみと伝えてくる作品である。風光明媚な当地が目に浮かび、少女の赤い靴に焦点が定まる。野口雨情とその作品への最高の讃歌である。

童話めく緑雨のなかの白き駅

この句は、六月の蘭鍛錬会、妙高高原へ行く途中で出来た作品である。緑雨の中の駅の白い建物が、いかにも愛らしい。「童話めく」という措辞はまさに清子さんそのものの境地と言っても過言ではない。清子さんと同行しなかったが、当地の句会では真っ先に天賞に頂いた。

菩提寺を出れば時雨の街あかり

芭蕉の忌日は陰暦十月十二日、時雨忌とも呼ばれる。この時期らしいしとしとと降り出す音に、芭蕉のみごとな芸術と生涯を偲ぶ。清子さんが最も尊敬するのは芭蕉であろう。

私も共に同じ思いで、この道に励んでいる。

佳句また好きな句は枚挙にいとまがないが、清子さんの俳句の佳さは、平易なことばの使用と、優しい心の表現にある。易しさは優しさに通ずる。これらの作り方こそ、名句の骨法と言えよう。これからも、易しさ優しさを以て佳句を生み出し、第二句集に向かって楽しい句境を見せて頂きたい。

題名「砂文字」に込められた想いをたどりながら読んでゆくのも楽しい。

令和六年二月吉日

松浦加古

砂文字／目次

句集 砂文字

ひとこと

平成二十三～二十六年

秋高し詩集買ふ母少女めく
平成二十三年（二〇一一年）

年用意済みてマニキュア塗り直す

平成二十四年（二〇一二年）

常のことできる幸せ沈丁花

納骨に遅れ来し子に花の雨

春の宵夢二の猫の振り返る

夏負けの猫にやさしき息子かな

薔薇真紅金髪の児のよく笑ふ

笑ふ子に父の面差し蛍の夜

サングラス外しいつもの父となる

ホスピスの石のマリアに夏帽子

ジュサブロー人形展

熱病の清盛睨む秋の闇

秋雨や覚えきれなき帝の名

黄落やピアスの父の肩車

吸うて吐く鯉の口より冬紅葉

開演のベルにこぼせる咳ひとつ

年の夜の厨に充つる醤油の香

平成二十五年（二〇一三年）

留守番の猫花冷えの息こぼす

イヤリング外す指先花の冷え

満開の花のトンネル人逝けり

還暦はまだひよっこと草むしる

太巻の端の好きな子新樹光

祭髪けんけんぱっと大揺れに

夫の目に少年の色山女釣

梅雨空を見上げながらのハイヒール

父の日や父の口癖まねてみる

三尺寝ペットボトルを枕にし

羅に鮎泳がせてひと来たる
遠ざかる父の足音十三夜

煽てつつ猫の爪切る夜長かな

律儀なる猫の出迎へ夜半の秋

小春日の母のメールに絵文字あり

拭きあげし窓に凩聴く夜かな

老猫を抱きしめゐれば冬ぬくし

雪の夜の甘きココアとアンデルセン

平成二十六年（二〇一四年）

初雀スカイツリーの見ゆる路地

本陣の高き框や吊し雛

あるといふ極楽浄土鳥帰る

違ふ道歩きし二人桜の夜

窓若葉ドーナツに振る粉砂糖

髪切つて夏空近くなりにけり

夏きざす真青に透ける瓶の影

まつしろに洗ふ靴下夏に入る

ソーダ水ひとくち海の透きとほる

本当の花になりたき水中花

打水の路地の奥まで灯りけり

短夜や御息所の息づかひ

父と子の短き会話夜の秋

読みかへす父の手紙や晩夏光

夕焼の端の灯台ともりけり

あっさりと知恵の輪外れ昼の虫

法師蟬旧道細く残りをり

鱗粉を指に残して秋の蝶

手を振れば影も手を振る小春かな

初雪や薄墨匂ふ御朱印帳

鎌倉の土つけて売る冬菜かな

冬の蛾の動かぬままの日数かな

片手だけ手袋ぬぎて別れけり

手袋をとりて「三つ」と答ふる子

着ぶくれて四角い空に星さがす

仔狐のたたく戸口や雪の夜

老猫のをさながほして日向ぼこ

凍蝶や明日あることを疑はず

真つ先に猫の乗りゆく干布団

留守電に母のひとこと冬あたたか

糸電話

平成二十七〜二十八年

平成二十七年（二〇一五年）

父恋へばたよりのごとく春の雪

和三盆口にくづせば春立てり

鳥雲や亡き人に来る招待状

香焚けば母の居るかに春の宵

花盛り鈍行列車に乗り換ふる

降り立てば旅人めきて春の駅

ひき汐に託す砂文字啄木忌

菜種梅雨閻魔修復ままならず

ことのほか髷の似合ひて五月場所

夏羽織ぬぎて佳境の落語かな

青梅雨の窓辺に開く母の文

放たれて瑠璃をこぼせる夏の蝶

赤き薔薇かかへて昇る五十階
夕端居父の弱音を聞きとめし

提灯をつけて祭の笹となる

手品師の指より夕焼拡がりぬ

船笛の涼しく運河渡りくる

遠花火多摩丘陵を照らし出す

糸電話花野の風につながれり

乗越しの切符一枚花野まで

特別なことのなけれどきのこ飯

唐辛子ときには距離をおくことも

抱き上ぐる猫の軽さよ十三夜

ふるさとは母居るところ石蕗の花

息子入院　三句

凍つる夜の意識なき子のあたたかし

看取りの手祈りとなりて冬入日

子を看取る街に聖歌の流れゆく
思はざる余白残して日記果つ

露の世の猫の小さきのど仏

虎落笛もう居ぬ猫に語りかく

水晶の数珠にこもれる寒さかな

ほほづゑをつきて春待つ石仏

平成二十八年（二〇一六年）

淡雪や居るはずのなき猫の声

入り婿の決まりし寺の桜かな

タクシーもバスもなき駅夏燕

奥武蔵鍛錬会　二句

山若葉高麗人に似る慈母観音

大夏野風の運べる人の声
終点は始発駅なり夏つばめ

義経の越えし峠の青葉かな

踏む石も地蔵も古りて山青葉

わが星に近づく火星河鹿鳴く

万緑の早瀬に追へる魚の影

蛍火やせせらぎに聴く父の声

夏掛の軽きを撰りて母に掛く

サングラスかけて寂しさつのらする

串鮎や川原にこぼす化粧塩

新涼の白馬を映す青き湖

天上をこぼれて白き曼珠沙華

住所録閉づればひとり虫の夜

日の匂ひこぼして稲の刈られけり

五浦同人総会　二句

秋風に姫の声聴く阿弥陀堂

月光をまとふ少女の赤き靴

黄落を来て焼きたてのクロワッサン

本流をそれたるままに水澄めり

震災を耐へし騎馬像秋高し

怒濤寄す五浦の海に秋惜しむ

奏でては止まる秋思のオルゴール

特急の影を走らす刈田かな

立冬のななめに割るるチョコレート

霜の夜のホットミルクにうすき膜

豆腐屋の腕まくりして冬の水

初雪の庫裡より昇る白き湯気

着ぶくれて街角に聴くアヴェ・マリア

白息のゆたかに道を教へらる

舞ひ降りて夕日を散らす冬の鷺

菜をきざむ音かろやかに春隣

鳶の笛

平成二十九〜三十年

平成二十九年（二〇一七年）

初寄席の出囃子すでに二階より

鈍色の海に降る雨実朝忌

読経とも風の音とも西行忌

遅れきし人の饒舌木の芽雨

美しき尼僧に出合ふ花の昼

花散るや由緒正しき尼の寺

深閑と白衣観音竹の秋

並ぶ芽の音符めきたるチューリップ

いにしへの悲話に霞める入間川

犬ふぐり訪ふ人もなき最期の地

屋敷神祀る旧家の梅真白

畦豆の話はづめる春田かな

蝶の昼をさなの靴の右左

青梅雨の御堂に仰ぐ絵天井

鐘涼し亡き人を呼ぶ鳶の笛

舫ひ舟潮さかのぼる夏の川

童話めく緑雨のなかの白き駅

妙高鍛錬会　三句

大瑠璃の森をはるかに越後富士

夏霧の一樹へ戻る木霊かな

一粒の真珠涼しき少女かな

暮るるまで海を見てゐる夏帽子

水飲み干して炎天を戻りけり

秋風や古りし館に家系の図

実石榴の割れて母屋に隠し部屋

夕闇に鈴の音こぼし秋遍路

切通し崩るるままに葛の花

鳩サブレー買うて小春の段かづら

もののふの墓に音なくささめ雪

風の夜の行きどころなき落葉かな

もみぢ散る太き御手の日蓮像

雪うさぎマーブルチョコの目をもらふ

雪の夜のぽつとものの言ふ魔法瓶

鳥影の時折よぎる冬座敷

鈴ひとつ拾ふ時雨の神楽坂

いつよりか婚家の味に雑煮餅

平成三十年（二〇一八年）

春寒の舌にまつはるオブラート

手をとれば言葉あふれて春の駅

神の代の記憶のかけら鳥の恋

争ひて散らす白梅神の鶏

蝶の昼舌に見せ合ふ変り玉

如月のコートに残る清め塩

シスターの掃きのこしおく花の屑

若葉雨赤きバス行く丸の内

平積みの新書匂へる梅雨晴間

千年の刻とどまりて寺若葉

初夏の風ふきぬくる伽藍かな

水を買ふことにも慣れて街薄暑

夕風の風鈴市の中にをり

熱帯夜赤き火星の近づける
接近といへどはるかや夏の星

遠雷や汐の満ちくる隅田川

聳え立つ癌病棟や夏かもめ

軽鳧の子の末の子らしき一羽かな

新色のマニキュア秋のクラス会

読みさしの絵本にはさむ月明り

コンサート果て霧雨の交差点

唐辛子曲がりて第二反抗期

きぬかつぎ母が母恋ふ夕厨

人波につきて築地の一の酉
ほどほどのものから売れて熊手市

白障子閉めて小部屋の秘密めく

のら猫も名前で呼ばれ漱石忌

氷瀑の人をこばめる青さかな

花びらに蕊の影置く寒ぼたん

銘柄は老子のことば寒造

モナリザの手のふつくらと春隣

呪文めく

平成三十一〜令和二年

平成三十一年・令和元年（二〇一九年）

屠蘇祝ふ卒寿の母の紅ほのか

松明の東京駅に靴みがき

カステラのざらめしつとり春の雪

立春の水が水追ふ光かな

碑の梵字かげろふ義士の墓

晩鐘に祈れば梅の香りけり

とつぷりと暮れて外堀花月夜

夏草のしづけさありぬ芭蕉庵

花あやめ映して古き窓硝子

散りそめし肥後芍薬の吹かれをり

花嫁の影を崩してあめんぼう

夏めくや巻貝にある縞模様

若竹の葉擦れの音も御苑かな

緑蔭に花かんむりの忘れもの

病む人の窓辺に梅雨の月赤し

父の名の残るステッキ梅雨深し

北斎の雲をなびかせ夏の富士

寺涼し一息に描く仏の眼

達筆の余白涼しき便りかな

鮭の皮こんがり焼けて母の昼

薄紅葉しんと日の射す池の底

赤とんぼ更地に残る石の門

大奥の跡地ひろびろ秋あかね
とんぼ群る父と登りし天守台

礼砲の訓練富士の秋澄めり

神話めく秋の虹たち即位式

行く秋を橋のま中に惜しみけり

北の丸歴史を秘めて返り花

大嘗祭近き宮居の槌の音

笹竹の青々として煤払

雪もよひスパイスの名の呪文めく

手のひらに包む命や雪ぼたる

たんたんと病の告知風冴ゆる

決断は命の重さ寒北斗

久女忌や翼ふるはす籠の鳥

箒目に一つこぼれて寒椿

路地ひとつ抜けて花街梅月夜

令和二年（二〇二〇年）

見番の春の灯あはき裏小路

うるふ日のパスタにきざむ蕗の薹

励ましの砂文字春の海青し

黒板に感謝のことば卒業す

立ち話ときにとぎるる落花かな

枝折れの桜にやどる霊気かな

花筏追ふふるさとの風の中

無頼派のくはへ煙草や月おぼろ

幾千の埴輪のまなこ若葉冷

あげは蝶見しと書き出す便りかな

虫の眼となりて探せる苔の花

打水の女将きりりと片襷
ブルーインパルス青空に祈る夏

月涼しタワーに青き感謝の灯

夏蝶の乗りかへてゆく風の道

ひんやりと影も色もつ江戸切子

なぐさめの言葉もなくて団扇風

朝採りの芯まで香る茗荷の子
華やかにかの世へ開く大花火

ひしやげたる眼鏡の語る原爆忌

曼珠沙華辻に夕日の濃かりけり

秋めくやローランサンの白き肌

龍神の棲むといふ湖鳥渡る

酌み交はす小江戸の羅漢秋うらら

母とゐるベンチ色なき風とほる

取水塔のたりとよぎる穴まどひ

蓮根掘るところんと閉づる足の穴

菩提寺を出れば時雨の街あかり

風葬めくひとひら白き冬の蝶

まなうらに遠き子を抱き日向ぼこ

外つ国に棒げしいのち月冴ゆる

パエリアの鍋の赤さも聖夜かな

冬の陽を集めて古ぶ招き猫

厳寒の霊山深く祈りの灯
青い鳥こぼしてゆける竜の玉

晩学

令和三～五年

閉店の細き筆文字冴返る

令和三年（二〇二一年）

クリオネの命の透けて春兆す

春めくやはんなり紅き京の菓子

花結びはらりと解きて雛飾る

青光る螺鈿の冷えも花の夜

さざ波のきらも重ねて花明り

花満ちて円空仏の笑みたまふ

荼毘のみと知らせの届く朧の夜

オリーブの花に四月の雨光る

結び葉に風のざわめき加はりぬ

青梅雨の音なく濡らす馬霊塔

梅雨じめり舌にころがす薄荷糖

杉木立ぬけゆく巫女の夏袴

飲み干してからんと鳴らすラムネ玉

香水のほのかに夜のエアポート

ゆく夏のなぎさに拾ふシーグラス

あかときの空ゆく一羽群青忌

ロッカーの奥まで残る暑さかな

八月の部活に持たす塩むすび
改札へ急ぐゆふぐれ虫すだく

一灯をともす僧院虫の闇

山栗の落ちゆく谷の深さかな

秋の日をこぼし小鮒の釣られけり

閼伽桶に今生の水澄みにけり

沈みゆくものを抱きて水澄めり

憂ひみな空へ預けて風さやか

グラウンド・ゼロ秋天へ鳴らす鐘

漆黒の沖よりつづく月の道

絵硝子に透ける秋晴ニコライ堂

黄落のニコライ堂に祈りの灯

晩学のサ変・ラ変や小鳥来る

月冴えて白寿の尼僧逝きたまふ

城跡に絶えぬ水音冬ざるる

鬼の骨まつる山寺冬紅葉

それぞれに距離を保ちて浮寝鳥

捨てきれぬものに囲まれ年つまる

書きしこと書かざりしこと古日記

真四角な水に真冬の熱帯魚

令和四年（二〇二二年）

パリよりの芙美子の手紙蝶の昼

北へ行く列車をうつす雪解川

つまびけば刻ゆるやかに春の宵

春の夜のゆるりと溶かすバスソルト

つくばひに花影青き節子の忌

ささくれに血の色にじむ啄木忌

母の日や母に似てゐる指のふし

捨てがたしころんと大き枇杷の種

ヴィーナスの吐息かすかに薔薇の昼

わき水に透けてラムネの青き瓶

藻の花のどれも流れに逆らはず

大姫の墓とも苔の花白し

海の日のパンこんがりと焼き上がる

はるかなる玉砕の島敗戦忌

新涼のふれてひんやり猫の鼻

新涼の眉くつきりと志功の絵

盆提灯ともせば風のはるかより

第七回　いわき海の俳句全国大会

砂文字は父への便り星流る

たたずめば人なつかしき夕花野

忘れ水流せる風の花野かな

少年の片道切符銀河濃し

星月夜湖のホテルに書く手紙

秋思ふと途切れ途切れのハーモニカ

秋天へ捧ぐるビッグ・ベンの鐘

円楽の逝きて身に沁む噺かな

しばらくは夕日を乗せてかいつぶり

ホスピスに聖夜の星のまたたきぬ

どの子にもせりふのありて聖夜劇

シリウスの天にまぎれぬ青さかな

療養所青くしぐるる清瀬かな

リキュールのとろりと眠る寒夜かな

味噌蔵に残る昔の寒さかな

花手水こぼれて結ぶ蟬氷

一匹の心の鬼へ年の豆

令和五年（二〇二三年）

ひとせの折り畳まれて初神籤

新調の革靴固き四日かな

はつかなる風とふれあふ節分草

三月の光にかざす虚貝

人待ちの舟に灯の入る春の宵

八卦見にひらく手のひら春の宵

春の川たたんたたんと列車過ぐ

ごんぎつねゐるかに揺るる茅花原

戦地へと向かふ花婿かぎろへる

蔦茂る古き茶房のナポリタン

補助輪を外す若葉の風の中

星一つ海に輝く鑑真忌

紫陽花の雨にひもとく宇治十帖

アニメ曲流すホームに梅雨の月

あとがき

還暦の年に俳句の世界に迷い込み、いつの間にか十二年が経ちました。この辺りで一度、自分の句を纏め、これからの余生の拠り所にしようと句集を編むことに致しました。たくさんの句稿の整理は、私の十二年間を振り返るなつかしく楽しい時間でもありました。

句集名「砂文字」は、

砂文字は父への便り星流る

から採りました。もう五十年も昔になりますが、鎌倉のお寺で茶道部の合宿がありました。その折のご法話の中で、砂文字を波が消してくれると、もう逢えない人へ便りが届くと伺いました。今でも汀に佇めば、はるかな人へ砂文字の便りを書いております。

このたび句集上梓にあたり、ご指導を頂いております松浦加古名誉主宰からは、ご多忙の中、身に余るご序文を賜り深く感謝申し上げます。また常々励まし支えて下さいます高﨑公久主宰、先輩の方々、句友の皆様にこの場をお借りして心より御礼申し上げます。

令和六年二月

木村清子

著者略歴

木村清子（きむら・きよこ）

1951年（昭和26年）　東京都板橋区生まれ
2011年（平成23年）　「小金井松の会」入会
2012年（平成24年）　「蘭」入会
2016年（平成28年）　蘭賞受賞
　　　　　　　　　　「蘭」同人
2017年（平成29年）　俳人協会会員
2018年（平成30年）　鳳蝶賞受賞

現住所　〒184-0004
　　　　東京都小金井市本町6-5-3-711

句集　砂文字　すなもじ
二〇二四年六月六日　初版発行
著　者——木村清子
発行人——山岡喜美子
発行所——ふらんす堂
〒182-0002 東京都調布市仙川町一—一五—三八—二F
電　話——〇三（三三二六）九〇六一　FAX〇三（三三二六）六九一九
ホームページ https://furansudo.com/ E-mail info@furansudo.com
振　替——〇〇一七〇—一—一八四一七三
装　幀——君嶋真理子
印刷所——日本ハイコム㈱
製本所——㈱松岳社
定　価——本体二八〇〇円＋税
ISBN978-4-7814-1651-9 C0092 ￥2800E